大海的裂纹

干海兵 ◎ 著

DAHAIDE LIEWEN

黄河出版传媒集团
宁夏人民出版社

图书在版编目（CIP）数据

大海的裂纹／干海兵著．—银川：宁夏人民出版社，2017.4
　ISBN 978-7-227-06645-3

Ⅰ.①大… Ⅱ.①干… Ⅲ.①散文诗—诗集—中国—当代 Ⅳ.①I227

中国版本图书馆CIP数据核字（2017）第101765号

大海的裂纹

干海兵　著

责任编辑　杨敏媛
封面设计　王　稳
责任印制　肖　艳

黄河出版传媒集团
宁夏人民出版社　出版发行

出 版 人	王杨宝
地　　址	宁夏银川市北京东路139号出版大厦（750001）
网　　址	http：//www.nxpph.com　　http：//www.yrpubm.com
网上书店	http：//shop126547358.taobao.com　　http：//www.hh-book.com
电子信箱	nxrmcbs@126.com　　renminshe@yrpubm.com
邮购电话	0951-5019391　5052104
经　　销	全国新华书店
印刷装订	四川金邦印务有限公司
印刷委托书号　（宁）0005030

开本　880mm×1230mm　　1/32
印张　4.5　　　　字数　150千字
版次　2017年5月第1版
印次　2017年5月第1次印刷
书号　ISBN 978-7-227-06645-3
定价　25.00元

版权所有　侵权必究

如散文诗一样的诗意栖居
（自序）

在中国百年新诗史中，散文诗走过的历程是那样的令人叹惋和充满诗意。变化和创新一直是诗歌发展的重要途径，但通过语言异变形式而获得诗艺生命力的散文诗，却在相当长一段时间内被不同审美取向的人群置于文体争论的陷阱中。散文诗人游离在诗坛边缘，少被浮华浸淫，虽稍嫌冷寂但自得其乐，从而获得了丰沛自由的诗性写作空间。中国诗歌的表现形式一直以来都不会只有一种，唐诗到宋词，中国文学的两个高峰中也有一段不太被关注的过渡期，文体的嬗变从涓涓之水终成激流——诗歌史将是留给后人来书写的。

在特定的文学生态下，我赞成散文诗这一称谓：它是属于新诗的，有眼下既定的新诗的所有特质，但又离经叛道，呈现了不太一样的风貌，它的形式上的"异"常，的确有待"正统"的眼光去加以确证。2000年以来，尤其是最近几年，中国散文诗的创作出现了可喜的局面：文本更加丰富多彩、对诗艺的探索更进一层、散文诗人的写作状态勃发而安静。值得一提的是，大量以创作新诗为主的优秀诗人，自觉或不自觉地开始了散文诗创作实践，他们的示范意义，是前所未有的。

　　算起来，我写散文诗的历史仅仅比写新诗短两三年。1993年，当时在中国诗坛很火的《诗歌报月刊》以散文诗栏目头条形式发表了我的一组散文诗，其传播之快，出刊后的十来天，学校的辅导员和同学便看见了，还专程跑来与我探讨。这组诗在三年后仍还被人记起，1996年我参加四川大学文学社举办的一个讲座，好几个同学主动提到了这组诗。可惜的是，在其后的10多年时间里，我的专注力放在新诗写作方面，散文诗产量寥寥，有点辜负关心我的诗友。大约在最近几年，我又开始了散文诗创作，原因有三：一、诗坛过于喧嚣，中国新诗的评价体系仿佛出现了问题；二、我参与创办并主要编辑了《星星》诗刊散文诗版，需要身体力行地进行创作实践；三、最重要的一点是，散文诗带给了我空前的语言自由度，拓展了我对诗歌的理解。

　　这本并不算厚的《大海的裂纹》，就是我近两年的散文诗创作展示。在当今，常态下的诗集出版太难了，散文诗集的出版更是难上加难，我十分珍惜这样的出版机会，也希望这本书的读者能真正感受到里面的诗意，感受到散文诗带给我们生活、带给我们灵魂的光亮和温暖。

2017年3月23日于成都

目　录

如散文诗一样的诗意栖居（自序）……………………… 1

第一辑　我自有我小小的水滴，在针尖上亮出血红

大禹渡的黄昏……………………………………… 3
在大禹渡与黄河对饮……………………………… 4
惠安看海…………………………………………… 5
过瓜州……………………………………………… 7
康定的鹰…………………………………………… 8
什刹海的下午……………………………………… 9
察布查尔的弓箭…………………………………… 10
黄昏之舞…………………………………………… 11
库车，库车………………………………………… 12
那曲的黄昏………………………………………… 13

梭磨河 ……………………………………… 14
葛仙山 ……………………………………… 15

第二辑 风撩拨着那沉沉睡去的乳房

焉支雪（组章）…………………………… 19
  单于 ……………………………………… 19
  小黄马 …………………………………… 20
  河西走廊 ………………………………… 21
西去的群山 ………………………………… 22
在涠洲岛等雨 ……………………………… 23
身体里的故乡 ……………………………… 24
瓦屋山夜行 ………………………………… 25
夜行列车 …………………………………… 26
嘉阳小火车 ………………………………… 27
隔夜的经幡 ………………………………… 28
写给另一个星球的自己 …………………… 29

第三辑 唯有鸣镝的小风带点微微的殷红

浣花溪 ……………………………………… 33
尘埃是我们所有的父亲 …………………… 34
秋天来信 …………………………………… 35
陌路相逢 …………………………………… 36

喀什噶尔胡杨	37
贺兰山岩画	38
老去	39
落寞	40
生日小记	41
岁月之堤	42
寻人启事	43

第四辑 那一条只供仄身而过的银河，滴水成浩渺的漩涡

故宫的床	47
向晚的西夏王陵	48
布达拉宫	49
旧时的信札	50
站在落日下	51
孤独者	52
一个老人的深秋	53
落花	54
桑叶上的南充	55
毛乌素，毛乌素	56
高原的海螺	57
不会用微信的人	58

第五辑　灵隐寺的小沙弥，一整夜都在超度不安的湖水

在秦皇岛 …………………………………… 61
在青海湖边想起了你 ……………………… 62
苏小小墓 …………………………………… 63
关鸠 ………………………………………… 64
旧年的落发 ………………………………… 65
春日偶记 …………………………………… 66
1月31日的雪 ……………………………… 67
在玛曲想起了往事 ………………………… 68
诺 …………………………………………… 69
若尔盖的星星倾盆而下 …………………… 70
初春的桃花 ………………………………… 71
月光蓝 ……………………………………… 72

第六辑　我是你被风吹远的一粒麦子，乡村的水分，在每一条更远更远的路上流失

清灯记 ……………………………………… 75
竹号 ………………………………………… 78
荥经 ………………………………………… 79
血脉之乡 …………………………………… 80

给外婆 …………………………………………… 81
夜晚的落叶森林 ……………………………… 83
一生之重 ……………………………………… 85
写给儿子 ……………………………………… 87
缅甸掸邦 ……………………………………… 88
除夕夜的大海 ………………………………… 89
故乡的风 ……………………………………… 90

第七辑 作为幸存者我无法安置多疑的灵魂，肉体带着沉重的寂寞

逝去的马帮 …………………………………… 93
读《走出非洲》 ……………………………… 94
星际旅行 ……………………………………… 95
在藏南 ………………………………………… 96
落叶 …………………………………………… 97
正午墓地的冥想（一）……………………… 98
正午墓地的冥想（二）……………………… 99
正午墓地的冥想（三）……………………… 100
正午墓地的冥想（四）……………………… 101
读李渔《闲情偶寄》………………………… 102
寂夜之歌 ……………………………………… 103

第八辑　我看见过破碎的大海，它有时汹涌澎湃，有时沉默寡言

夜之魅 ………………………………… 107
悼亡人 ………………………………… 108
嘉峪关 ………………………………… 109
病房札记 ……………………………… 110
似是而非的雨 ………………………… 111
仙女山 ………………………………… 112
乌江 …………………………………… 113
黄河源 ………………………………… 114
舒家大院一夜，兼致红海 …………… 115
马，羌笛或大野 ……………………… 116

第九辑　诗友评论，在诗或散文诗的路上

诗至于厚而无余事矣／邱绪胜 …………… 119
大地的行囊，打开幽暗的诗性／易　杉 ……… 126
诗人中的散文诗人／李　需 ……………… 130

第一辑

我自有我小小的水滴，
　在针尖上亮出血红

大禹渡的黄昏

十一月的落日给每一个抬头的水珠一粒金子。那是橙黄的翅膀安伏下来,被一声一声碎裂的夜色吹高的温柔之痛。

大野无边,长河延接着最远最远的那缕紫色的淡了淡了的霞。

举剑而歌的茅草,挑灯的柿子树,一枚搭在斜阳之臂的小舟。

那些会飞的涟漪,把荷锄的大禹荡到柳笛横吹的山头。

渡,是一只蟋蟀敲打无边镜面的扑棱之冷。冷之锋利,拂血而泅的浩茫从天上到水中,有子鸟叮当,有一羽人,有一剑路。

十一月无垠,等待泗渡的脚印有三千年、五千年。众沙静寂。

在大禹渡与黄河对饮

在大禹渡,和失散多年的自己重逢。

一杯薄酒,涌动落日与云影。内心的河床开阔而平静。大河不死。

芦苇雪、高粱血。应该有一匹脱缰的野马回到了从前,把爱过的重爱一次:杂草、灌木、沙泥鸿爪、块垒土丘……让水成为水,让酒成为每一个大禹要回家的门。

酒,是中年将去的夕阳。大波微澜,咫尺天涯。

黄河,是一颗高粱上将落未落的泪珠,遇柔则柔,遇刚则刚。

与黄河对饮,大禹渡如镜的波光闪烁着前世今生。

惠安看海

　　落日流过受伤的铁。落日熔金。
　　那些尖锐的麦芒一样的海浪,沙滩上倒伏的脚印,那些一触就痛的潮汐。
　　一条向天空呐喊的搁浅的鱼。在鱼群中迷失的鱼,倒在自己的旗帜下。
　　帆,像众口一词的嘴,划出西风的轨迹。

　　也许也是一片故意装睡的礁石,热在冷去,锋刃随波逐流。
　　也许也是落单的星子,在失修的海岸。
　　在别处。

　　落日熔金。我自有我小小的水滴,在针尖上亮出血红。
　　在蓄水的眼眶中安放下我的大船
　　我有一条远离众沙的小路,仿佛大海腐朽的裂纹,仿佛沦陷的灯塔,仿佛
　　一个日子和另一个日子的废墟。——海啊,我听见了你在

搁浅的鱼中奔突
　　看见了你在暮光中凝结的血,而在每一颗死去的盐的深处
我嗅到了自己曾经的湿润

过瓜州

李广杏,八月熟,山丹马,乘清风。
戈壁起伏,河湾中包头巾的女子把羊赶到石头中,把石头赶到了
骆驼刺蓬勃的车前。

一条汗津津的小路在招呼晚到的小花小草
去敦煌,一枚蒲公英,去哈密,两枚天狼星
穷游四方啊,李白来过、李广来过,干海兵来过

瓜州在历史的方格田中种过一季季的月亮
突厥人骑弯刀、粟特人骑纱包,长安过去的公主
骑虎难下

过瓜州,吃西瓜,过敦煌,吃飞沙
一心想去撒马尔罕的骆驼,脚踩萤火
在枯骨中行行停停两千年

康定的鹰

鹰落在岩石上成为另一块岩石,翅膀,卸下了川康边地的整整一个秋天,它隐伏在闪电与闷雷的深处。

鹰带走过一个人的梦想,它让晨昏的道路在天空中倾斜。

折多河奔流远方,朝圣者沸腾的心一次次长叩隐秘的神山,唯有
鹰像时间定格的子弹,在黛青的黎明熠熠闪光。

唯有鹰像死去的金子,君临着南高原最后的寂寞。

什刹海的下午

最小的海,在古装的下午慵懒地撒出一把蝉声。
来自皇城根下的蝉,一口京片子,以五品顶戴的姿势
俯瞰着条条大道通胡同的骆驼祥子

这是1996年最横的夏天,什刹海像破碎的镜子
那如烟如雾的水面,一艘雕梁画栋的小船
用缺电的歌声摇摆着100年混沌不清的台阶

容易被一场阵雨剪去的迷茫镜头,偶尔穿插着摇扇
卖冰棍的老大爷有着努尔哈赤神秘的笑容
他拐过被天线割伤的墙角,留下自行车沉闷的蹄声

察布查尔的弓箭

　　锡伯族有大弓，箭袋上有飞腾的龙和马。
　　信奉万物有灵的老人一定见过它们。以云和露水为生的两种祥物，出现在夜里，出现在野外，在伊犁河的上空。
　　锡伯族的箭是飞翔的胡杨，长着血红的年轮，在经过的每一条时间之河中啜饮，硬骨头的夜晚常常被擦出火花。

　　以箭为马的草原，察布查尔的每个人心中都有神兽在指路，击鼓的汉子，把天地系在箭杆的腰上。
　　也有在火塘旁睡熟的弓，梦见了大雪，连绵到天山
　　仿佛东北来的，白头的大雁。

黄昏之舞

在新疆可以看到地平线的绝大多数戈壁，夕阳被一块块乱石割成了不规则的弧形。有时候你觉得骆驼刺在流血，有时候觉得芨芨草受到了重创。

牧羊人在混沌的红和黄中越来越模糊，他的轮廓仿佛蠕动着的绒毛，一会儿被地拉下去，一会儿被天提上来。其实这时候天地搅在了一起，像蛋白和蛋黄彼此交融，羊群陷进去了，再响亮的口哨也将它们吹不出来。

小虫子一样的汽车，在一条断成几节的线上昏昏沉沉地奔跑。断成几节的线？也许不能再看成一条了！它扎进乱石，惶恐的灯光四处乱溅。

这时候你感觉到了地平线在上浮，每一块石头和沙砾在看不见的水中动荡不安，钉子样的胡杨先碰到了天空，然后是牧羊人闪烁的烟头，然后是一声碎了的老鹰的鸣叫。

如果此刻你不牢牢压住躁动的座椅，汽车将尝试飞上天空，那些倾斜而下的沾血的蛋壳将糊满车窗。你转过脸去，缩在旁边的同伴长着粟特人灿烂的胡须，你的多余的钥匙叮当作响，像一万颗撞身取暖的昆仑玉。

库车，库车

塔克拉玛干来的风，落在了空空的大街上
塔克拉玛干来的风，从昏黄到昏黄，埋人的风啊
给夜晚一个无处安身的，孤独

塔克拉玛干来的都塔儿，落在了空空的窗台上
卷舌音的塔克拉玛干，在最后的琴弦上，在最后的
比黑夜更黑的睫毛上。大地空茫，大地

如塔里木河幽婉的流过血管的，一声长长的，叹息

那曲的黄昏

草尖挑起的月亮,被一群羊羔晃动。一只鹰隐入神秘的水声。

十二个牧羊人漂浮在草丛,金光闪烁的河流,从低处爬向山峦,那爬向高处的风呦,那随风念经的经幡呦。

锈蚀的帐篷一动不动,灯火在寂静中荡漾。

有一匹狐狸一样的马就好了,它驮着十月那曲最后的草籽,沿季节的纹路逃向早来的一粒雪。有一只会飞的土拨鼠就好了,大野清寒,果实们长出了模糊的翅膀。

那个磕长头的人,起伏之间,波纹四散。

那个磕长头的人,从十月的那曲游向月亮。

月亮,月亮,摇着人世间依稀的铃铛

梭磨河

梭磨河畔飘起了炊烟。
夜色里只看见北斗星挑起帐篷的一角。啊,晚归的人
繁花此刻关掉灯盏,唱歌的石头被流水
一遍一遍地送上马桑的枝头

一天即是一年,一年即是一万年。转经筒轻轻地仄过身子
酥油灯亮了,梭磨河晚归的马帮
从刷经寺金色的落霞中飘来

这一夜异乡人在婉转的山峦间赶路
这一夜萤火虫把灯笼挂在浪花的背面
啊,梭磨河畔不眠的七月或九月,请随这微凉的流水
回到你日渐模糊的姑娘身边

葛仙山

那些草芥一样的雨滴,如何能回响群山的心跳
低树暗然,清雾如袖口中的海。三个飘飞的诗人,是
蚂蚁和蝴蝶的群峰,幻影中唯一不曾陷落的
时间的岛屿

那些洇散着剑气的小路,穿过今日黄昏,些许鸟鸣
打湿淡墨的心境。空山绵远,且用微凉的小酒
煨热三双向上的脚印。再无一人。

第二辑

风撩拨着那沉沉睡去的乳房

焉支雪（组章）

单 于

时间的灰烬，炽烈的白，远山遁去，那冷的鹰笛劈开河西走廊，呜咽的血，似马蹄、似弯刀、似尖锐的炊烟。

前世，我有一匹良马，有帐篷中呻吟的玉佩……

那些风，将每一颗迷乱的星子吹向高处，浮云牵着我的斗篷，我的蜿蜒而去的爱情，在胭脂上溅起了回声。

两千多年了啊，那些受伤的石头还在奔跑，骆驼刺还举着利剑，雨赶着雨，雪掩着雪。

雪，浮动起历史的沉船，把锈蚀的山河还给遥远、还给虚空。

那一缕泅泅散去的胭脂，因爱而如迷路的箭镞……

每一次的回望，柔软而锋利。

小黄马

  小黄马在无边的白上飘去,省略号延伸着雪……
  空旷的戈壁,失踪了的人群没有回来,道路——如果有道路,那将是她飘向天空的无影无踪的头巾:有一些温润,有一些寂寥,有一些期待。
  雪落无声,远处的祁连山回荡着月亮的马蹄,八万里的西域只有一只云雀,一灯如豆。
  每一个吹笛人都远了,每一个单于的女儿,一段清梦。
  小黄马在每一羽睡着的雪上飘,四野茫茫,从张掖到酒泉,从玉门到嘉峪关。
  从昨天到今天。

河西走廊

  高车呢,芨芨草呢,骆驼客呢
  风呢,一去无音讯的楼兰新娘呢,雁阵杳渺
  鸣镝划向最远的星辰

  雪从中原来,裘衣滴落长安的灯火,那些汉的马,胡的马,天的马,在一千里的伤口上闪烁
  漫天飞雪啊,独行者凌风而舞,一只玉箫让疲惫的山河起伏,而那些扬长而去的刀和剑呢,那些骨头的酒壶,那些落叶一样碎裂的烽烟呢……
  大地啊空无一人,似曾来过的只有月亮
  为河西走廊披上白的衣裳

西去的群山

熄灭的马匹。
七月的爱情最后的狂徒,以夕阳为镜。

随时光的幽铃渐次退远的花和草,一迹安息的墓园。当
所有的波浪平伏如被,当
道路在黑暗中妖媚地流淌
我内心连绵不绝的火和剑啊,我内心的柔软啊

在群山如血般滴落的背影里,马蹄安静
风撩拨着那沉沉睡去的乳房

在涸洲岛等雨

我在等待雨落在芭蕉叶上的声音,连绵的芭蕉林一梯一梯地
伸向大海。阔大的层层叠叠的叶子,波浪一样涌动着
心事的叶子,是该有一场倾盆的雨让它浮起来

密不透风的芭蕉林固守着烈日下的沉寂,与海为邻,那些躁动的
尘土在涛声中匍匐,林间小径有航标灯迷失的脚印
如此乏善可陈的一季,开花、结果,等待一双手把沉重的包袱卸下
而一场雨呢,一滴雨呢,或者一滴滚过雷声的露珠呢

画地为牢的芭蕉林在等待一场雨,是该来了,海风出自
波涛汹涌的远方,在下午荼蘼的阳光下,有谁敲打着船帆
而我凭栏远眺,看见了梦想中展翅的乌云

身体里的故乡

我的身体里有山峦,有小河,有落日中的风铃
有一片长不大的树叶,星光下,麦地依然金黄,随风而舞的
是万千条殊途同归的小路

我的身体里有逐渐坍塌的老屋,有躲乌云的雨
有庄稼地里种下的,祖父、祖母的小丘,他们的模样就是
故乡的模样。就是秋天最后一粒柿子,在空空枝头唱歌的
模样

我的身体里有守着清灯的乌鸦,有镜子碰落的白发
还有被青草和云割伤的少女。有无边无际,无边无际的
坐在田埂上的忧伤。一把缺口锄头和生锈镰刀的,忧伤

瓦屋山夜行

雾在撞击每一片惊慌的叶子,大树窃窃私语,奔涌的
杂草抬高更浓的梦境。
车灯舞动长袖,失血的手指在敲打山的门扉。
夜鸟如迸溅的火星,在寂寞的黑上映现大海和礁石。

汽车在下陷,在森林跌宕的暗流中,把稻草似的路举向
头顶。

一灯如豆,漂浮的冷和寂寞恍如世间。
车轮唯有疾行,唯有疾行,把所有的光刺向人迹罕至的青
苔、泥潭和魅影
雾消云散处,一轮清月。

夜行列车

列车穿过染血的群山,在十月的云贵高原,每一座山都驮着一个受伤的夕阳。玉米地挂在车窗的上面,鸦群挂在玉米地上面,那些呼喊的老树引领着炊烟,从铁轨旁闪身而过。

夜在大把地抛洒着生锈的梦,暗色调的旅途,哐当哐当的铁锤越逼越近。

——那是列车挣扎中的呻吟吗?那是离愁在叩问每一处陌生的土地、每一段破碎的记忆吗?一串似是而非的灯光,在黑的背景上飘摇、战栗、凋零……

一生要经过多少狭窄的隧道、险绝的峭壁、咆哮的大河,一生要经历多少寂寞的小站、浮华的灯火,要经历多少等待和分别,才能走向没有回程的远方?

是一张单程车票在牵引着列车,夜最终将抹去车外的一切,剪断身后的铁轨,把列车放飞成无线的风筝……在离云只有三尺三的云贵高原,夜行列车带着闪电的寒气逼近星空,那每一个跳动着微弱火焰的窗口,都有一个温暖的故乡。

嘉阳小火车

时光之针在缝合群山的伤口。
荒村、独户,菜园、木屋,隐于崖垭的
喘息的夕阳。烟雾起处,老胶片滑动黑白的爱情

踽踽独行的曲线,工业时代最后的,温情的尾巴。
低沉的男中音,在空无一人的芭蕉沟叫醒,满山满坡的
姑娘小伙。八个起伏的小站
一条飘了五十多年也未曾落下的,灰色的纱巾

隔夜的经幡
——车行格尔木有感

今晚,月亮带走了格尔木,巨大的海水卷走了火车的
呼吸。每一个在月色中融化的人,陌生的人,在玻璃中
飞翔

牦牛奶一样的戈壁睡眠了,一两盏的远火
在无穷尽的路上,芨芨草萧疏的梦的深处,深处

云,在冷却着隔夜的经幡,在高原的蜜地,每一个
呻吟之地,寒露漂泊起列车啊,今宵从成都来的、青海湖
上来的
——孤独者的列车。被轻微的、痛楚的、柔软的
闪电,划过。

写给另一个星球的自己

在浩瀚宇宙中我不会是一片孤叶。

内心的B面,隐秘的道路通向亿万个我。那些可疑的睡眠带我走向复活,一万年或者一瞬间。得与失,是反证着时光的镜面,寂寥与喧哗,仿佛幽微的布景中血脉的洇痕。我得以从容,在太空中逼近真实,在柴米油盐中让须发蔓过人生,布衣草履,让虚无的瞭望有痛感。

而另一个我,必然在鲜花或荆棘之地,在想象的另一端,生长着翅羽,抬高失陷的生活。那是流落的我,在回望中一遍遍年轻和老去。

我爱的人,请多伴我一程。

因为我的心还有一缕牵挂,我的飞翔沿着你们早已抵达的星球,那儿湖水是出生之地,梦的故乡。一梦醒来,便会看见我们春草般滋养的童年。

一切都将重新开始,大地复苏,万物生长,我们在我们身边。

——我们何曾孤独如那飘零的叶子?

第三辑

唯有鸣镝的小风带点
微微的殷红

浣花溪

腐朽的天空,动荡着春天磅礴的器官
骑蜻蜓的人,用一匹水的时间,打捞起花朵的漏洞
只有万千的小风有旧札的印记,读书的
蜘蛛坐在破碎的青瓷中间

只有你转过了一朵雪花的坟墓,残夜的脚跟
敲亮了十二枚爱情的尸骨。
春天不远,只有一地散碎的镀金的光阴,在悬颈的
吊钟花的冷中

尘埃是我们所有的父亲

风是叶的儿子,火是骨头的儿子
闪电是群山和海的儿子,漩涡是夜晚的儿子

风匍匐在尘埃的脚下,每天爱他一些
每天都要爱,直到,那柔软的坟墓占领大地

水是花的儿子,儿子是月光下一小片失语的空白
宇宙如此之小,尘埃是我们所有的父亲

秋天来信

一枚树叶掉到我的头上,把我青铜般的头,砸出湖水的
回音。一枚老得开始干净的树叶,脉络仅剩一点点
春天干枯的血痕。它用飞翔的姿势在寻找,我藏在脑袋中
的翅膀

记得这树叶上我写过神秘的文字,像所有青春的盔甲,都
由风板结
缝隙里总是断头路,骑马挑灯,留下三个长长短短的夜晚
这封潦草的信终于要到达我的案头,青春和荒谬,逐一
辨认

哪一杯是未喝完的放纵的酒?哪一段是挥霍剩下的可怜的
爱情?
树叶走过轻飘飘的一生,在闪着微光的背面,刻下无人能
懂的
墓志铭。而那些摇摇摆摆的果实,一场雪过后,没有踪影

陌路相逢

和一些往事陌路相逢。在静得忘掉自己的夜晚。在月去,酒杯空空的时候。

闪电一般照亮过一些人的往事,露珠一般消逝的短暂的温暖,

在某一刻,在某一世。

陌路相逢,寂寂无语,唯有鸣镝的小风带点微微的殷红,雨,

也似有似无地下,我们深一脚浅一脚地走了这么多年。

这么多年了,雨落到了哪里?

喀什噶尔胡杨

路的长剑劈开荒原。
黛青色的地平线有突兀的三两个人影，行色匆匆，却又
被散乱的流星拉住了脚步。

磕磕绊绊的沙石小径，夜行的霜，钉在风中的
三千年不倒的虬曲身形

卷舌音的骆驼客用它拨亮过长夜，长夜用它把
三千年不眠的雄心，燃成不死的灰烬

贺兰山岩画

　　你将是你渐渐远去的火焰,羊啊鹿啊,你让每一块石头亮出了哀伤的心。你让奔跑滴滴答答地生出了铜的锈、月光的赭红、波纹一样的页岩,陷落了的炊烟

　　每个石头都将为夜晚呐喊,在高处在高处
　　在无穷尽处,出发的地方

　　羊啊鹿啊,在石头的天空奔跑,在太阳的长满胡须的面孔中奔跑,在自己的影子中奔跑,它的脚印没有脚印
　　追赶者如一枚枚滴着时间血迹的箭镞

老 去

  我终将会老去,像多年以前守护花园的老园丁,轻抚每一枝垂头的花朵,讲述果实穿越秋天,大雪满地。

  那些衰草覆盖的婉转的小路,将通向另一个黎明,天光云影,众鸟喃喃自语。我挂在 12 棵树上的风铃,没有随风落下,小花篮里的满天星,沾着青春的露水。

  我终有一天会把来时的小路,打扫干净,或者在每一片落叶上,刻出春天不死的芳名。

落　寞

　　如此辽阔的落寞属于都市黄昏的人潮，属于红绿灯中停泊在道路中间的那个失忆的人。他想在那些肮脏的脚印丈量过的路标中间，在落日未及的高楼背面，他像云一样坐下去，无依无靠，让另一个身体在各种缝隙间流淌。

　　多么像空无一人的荒原，被花朵丢弃的果实，被落叶砍伐的老树，让雷声戛然而止的每一棵草芥，颤抖中那无边的死亡的安宁——一切不再被背影照亮，只有流星在静止的蓝色湖面上扩散。

　　而此刻被都市拥在怀中的老月亮，耳聋眼花的月亮，独坐于车流灯海，让那把只剩筋骨的铁椅搀扶着他似是而非的爱情。他有时候像凝固的风，有时候像走失的省略号，有时候像一万条鲫鱼的弃儿。只有那些不是等待的等待是他的，只有那些不是呐喊的呐喊是他的，只有那些空旷中模糊的面孔是他的。

　　他有时候也不是他的。

生日小记

关上手机,紧锁房门,坐在一杯渐渐冷去的茶的旁边
这一刻如此寂静,中年发闷的心跳,有多重的杂音

岁月堆积,身体和灵魂都有坍塌的趋势,砖和水泥
扶不起来。没有钢筋,缺少血性,松散的眼光
如日头西斜。骨头再被谁敲一下,敲一下,矮一截

想和冷去的杯子说说从前,嗫嚅的嘴唇让从前,有些冷
想和关着的门说说等待的那个人,门,不再吱呀一声

岁月之堤

中年之后,不必再修筑堤坝了,不需要那么多的水压迫心脏。那越来越缓的水流,适合在宽阔的河床上恣游,亲吻冰冷的石头,浸润带刺的荆棘,浅浅地流过每一株卑微的小草和野花

波光潋滟啊,因为平静。那些堤坝的废墟,纪念碑一样开放在水的中央。浊水、清水,都曾浇灌过或丰或薄的庄稼,可以浣缨,可以濯足。

中年之后,可以与水中的敌人在堤坝上把酒言欢,把碎了的酒杯,掷向一轮柔软的太阳,仿佛带风而行的一个个水漂。也可以在透明的码头上假装钓鱼。那些直直的钩子,像随身掉落的分号

寻人启事

墙上的寻人启事已经贴很久了,纸张破裂、人像模糊,连日的雨迹一道道流下来,仿佛泪痕:×××,女,32岁,2月15日离家出走,至今未归……落款是5月2日。

路人甲,你从哪儿来,路人乙,你到
哪儿去。红绿灯交替的人行道口,东西南北
匆匆的陌生的面孔,擦肩而过

走着走着就失踪了,12岁,22岁
……62岁,72岁,或者苟延残喘,把老年的
模样留给日渐生疏的回忆

走着走着就把自己走丢了,在人群中走丢的
行色匆匆,不知要到哪儿去,也不打算回来
一页纸总要经历些风雨,总要经历些时间,才能证明
走失的,本来就从未来过

第四辑

那一条只供仄身而过的银河,
　滴水成浩渺的漩涡

故宫的床

　　故宫的亭台楼阁透着冰冷的肃穆，那里的每一片瓦，每一块砖都被精心计算，放置在不可挪动的地方。太多的龙和凤的戾气，让小草和老树们睡眠不佳、姿态极不生动。在金銮殿，有一种让男人眼睛发红的化学气味，据说，龙以此为食，活了几千年。

　　故宫的太多陈设，像落枕后遗下的僵滞，有滑稽的痛感，但却不能触碰。大大小小的皇帝们，或长或短地在那些石头和金属间留下类似某种生物的痕迹，是一种复合了时间与反时间的标记。如果有一个皇帝活得足够长久，这片红墙之内的含氧量将大大降低，不过，没有一个皇帝活上过一百岁。

　　故宫也有柔软的部分，现在自由歇在高高瓦楞上的鸽子和斑鸠，偶尔扔下的羽毛很柔软，蚯蚓在石头缝中偶尔探出的身体很柔软，匾额上蜘蛛荡出的线很柔软。而最柔软的，是乾清宫长八尺宽八尺（也许）的大床上，那仿佛刚刚睡着了的被褥，棉花和桑叶的秘密，皇上不会知道。

　　真正细微入心的江山，也就是这长八尺宽八尺（也许）的床了，抹去虚空的龙和凤的雕花和绣饰，他们的皇帝（和我无关）如缩在夜晚的小虫。时光的梦魇会一步一步蚕食他的躯体，留下这哪怕貌似辉煌的空壳。

向晚的西夏王陵

  惊鸟在荒草中溅起涟漪,月光,浸湿了黄土中小小的叹息。
  野花也不是野花了,瓦砾也不是瓦砾了
  那归去的路上全是岁月的暗伤,一枚没有箭头的鸦鸣

  元昊还在深处饮酒,元昊生锈的骨头发出亮光,这个夜晚隐约的帐篷内父子用剑挑灯,找到各自的星球,爱着来世陌生的女人,而那一条只供仄身而过的银河,滴水成浩渺的漩涡

  还有流沙的远履,呜咽在残垣上的冷风。后来者登临高处只为让孤独穿过,那早已不知冷暖的西夏遗碑,只为让碎陶在每一寸骨节上,刻下,黄河转瞬即逝的涛声

布达拉宫

在正午的阳光下，布达拉宫像从天空泼下的牛奶，它让城墙没有阴影，蚁行的人们顺流而上，接近拉萨最清澈的白云。

远方来的独行者，可以把那静穆的群山当作小憩之地。青稞黄了，拉萨河边黄金和白银融合的一片片台地，有寥落的人影在驱赶粮食回家。等一颗颗的黄金和白银散失掉人世的水分，可以将他们化成雪一样的粉，可以带着这些青稞变形的身体，登上高高的山头，远望布达拉宫。

拈一指头糌粑，羊群平静地穿过人群，拈两指头糌粑，羊群上了山腰，抓一把糌粑，大地空寂。远方的布达拉宫映着空空的青稞地。

旧时的信札

搬家的时候翻出一捆旧时的信札,纸页泛黄,卷边裂纹。

写信的人有的成了亲人,有的音讯渺无。那些多年以前的信息像是突然消失的小溪,在青春期的河床留下了沙子、石头和足印,而水不知所踪。那些激越的或者舒缓的水,像时间一样只有模糊的记忆,却无清晰的痕迹。

那些温暖我或者被我温暖过的人,像旧时的信札一样老去了。干净洁白的信纸上,那些曾经叮咚作响的文字,变成了越飞越远的大雁的背影,在苍茫世事的熏染下,好多清纯的诗行皱起了眉头,好多温馨的告别变成了灰烬。

越来越淡的笔迹,有些陈年的殷红。

像被风干的血痕,轻轻展开有一些疼痛、有一些落寞。每一封信都曾经如荒野中的篝火、大海中的航灯,抑或如轻拂耳畔的小风,它们来过,照亮过,在人生的航道上留下只言片语,只为伴你一程。

一捆被岁月遗忘的信札,变得很重很重,曾经单薄的文字仿佛吸水的海绵,让记忆顷刻间弯下了腰。

站在落日下

多病的老父亲站在医院的草坪上,落日西斜
那褪去的余光一点一点,把他抹成没有温度的
背影。多少年他都在黄昏中仰望天空

星汉飘移,从一个黎明到另一个黎明,只有
黑夜掩藏过人间的悲喜。那些劳碌而乏味的所有细节的
白昼,尖锐且伤神。只有等日光落下,全部的
日光落在埋人的草丛,万草葳蕤

被夕阳一分为二的老父亲,金色的一半,有令我眩晕的
微光。他嵌入夜空的头颅,与黑暗辉映
此刻医院响着钟声,如另一个不曾见过的黎明

孤独者

人群如过江之鲫,红灯、绿灯、黄灯,有一双脚始终有点迟疑。
十字路口漩涡般吐出网,金色高楼竖起了墓碑。

手机窗口上始终灰着的那个人,听到了
车流中布谷鸟的声音,暴风雨隔夜而来,清扫掉多余的@

相依相伴的陌生人,把酒言欢的陌生人,网购的明天在路上
如果手机一直忙音,请代为签名

一个老人的深秋

深秋之后时间将会减慢。每一分、每一秒。
也会有裂痕的时间啊,从远方而来,在越来越轻的脚步中,
幻化出带刺的雪花、带电的落叶、带伤的温暖

一切变得干净、愈来愈少,大地终将空无一人
凋零的尘土埋入风中,风埋入时钟生锈的刃口

深秋过后,蜿蜒的小路通向隐约的花园,冬青树
敲着空旷的椅子。人世浩渺,总是擦肩而过的每一片雪
一片片雪,在时间的深处噼啪燃烧

落 花

落花不必尽快清扫，其天地的灵气适合被夜晚的星光收敛。走过落花的人，低头可以看见时间是有形的，在花瓣上河流总是戛然而止，留下画地为牢的渍痕。

落花充满隐喻，大多时候她卷曲向透明的内心，但花蕊的闪电又让她发出呼唤，焦灼而激烈。爱花的人一定听到过花在深夜的独语，如杯中滴下的水，在虚空中就映现了一生。

花结不结果，都会沿季节的台阶走向地面。那惊艳而惊险的舞台，最终是空的，红的果黄的果不过是大地的铃铛，风一吹，星星也会摇摇欲坠。

爱花的人可以在下午把一杯茶喝冷，为落花让出所有的道路。

桑叶上的南充

  多汁的唐朝，那些液体的丝绸，从果州扇形的马蹄流淌开去。
  纤溪如纹的桑叶，在嘉陵起雾，在顺庆结露，在南部把岁月的脉管，伸向隔着一条蚕的长安。
  在桑叶深处漂浮的土陶、青铜、锈迹斑斑的傩或者巫，时间每行一段，就会结一个锋利的茧。
  茧，是一万条阡和一万条陌，采桑女在历史的黄昏中飞翔，翅膀划动着巴和蜀的水声。
  一个采桑女，一个多汁的诗人。

  今夜，万涓骑上了嘉陵江的马背，三千年的梦，剥茧抽丝……

毛乌素，毛乌素

　　火车穿过的沙漠，细微的内心在震动。芨芨草和骆驼刺，绽放着温柔的秋霜。有人的脚印，斜挂在流云的下面。这是十月，毛乌素的沙子聚集着温暖的寒冷。

　　一条正在迷路的河流将和我猝然相逢。宿命中的黄河打着羊皮的灯笼，在草原的梦中。在沙枣开始落下的季节里，斑驳的火挂在最后的枝头。黄河带着一亿颗流浪的心。

　　每一段人生都会有冬眠——你说过的话，在沙坡头开出一簇最小的花：沙漠姑娘。谁都知道这个姑娘将终老在另一个黄昏，被另一条远去的河流，带回来。

高原的海螺

在海拔四千多米的高原,崩塌的岩石露出了一小块死去的海。
被岁月精心包裹的海螺,漩涡中刻下凝固的号声。

蓝的海水流向了天空,那些游动的白云
飞翔的小鸟和星星,让静寂的高原荡漾着波纹

一只会爬山的海螺,在泥土和砾石中潜行
被抬高的印度洋,用无边的小草和牦牛,养育一滴
带盐的找不到家的露水。

不会用微信的人

不会用微信的人,在生活中有失踪的危险。
花花绿绿的信息,打雷下雨,柴米油盐,真情假意,荣华冷寂,路走到此处,遇到了天堑

不会用微信人的居住在都市的庙中,但老和尚也在用手机说法了
无数条丝线的天罗地网,裸身的游鱼,吸沫吐泡
相互取暖。万千个手臂交织成浩瀚的洪流,冲刷与被冲刷在一念之间

不会用微信的人,每天种诗听琴,在狭窄的小路上
幻想邂逅久违的亲人。
他偶尔也向埋头深潜的人打听从前的消息,那小小的镜子里
虚光幻影的潮水抹去一串串孤独的脚印

第五辑

灵隐寺的小沙弥，
一整夜都在超度不安的湖水

在秦皇岛

需要你坐在我的身边,在白茫茫的月光下,我们
指认那些被鱼举着的礁石。忙碌之鱼啊
也许在水尽之时用嘴唇唤醒彼此的涛声

萤火虫一样的孤舟,在等待另一场无边无际的雨
老龙头的海被时间之墙分隔,生锈的带刺的水母,沿着
老虎滩走向河北,在空中

我们穷尽一生,只等待片刻的潮水能打湿
这将要分道扬镳的脚印。多年来见山登山、见水涉水
只为了到达这空空的海滩,说一声道别

在青海湖边想起了你

隐现的小路有一条通向天空，有一条婉转到成都
这些洗净前世与今生的水，在足以让我们仰望的高度
飘扬、舒展、明亮，一生中有多少日子
在那些温暖的水中有过婴儿般的等待

一生有多少日子是可有可无的，灵魂先于肉体开花
结果、失手凋零。而难得的停歇，已与明天背道而驰
这无边无际的蓝是我留给你的，这蜜蜂飞过的甜蜜的中午
这表面平静的波光，这些巨大的空，这些落满油菜花和勿忘我花的
无边的空，等着你来

潮水在拍打一亿年前的碎了的石头，蓝色的梦境，如我们
等待的、失去的，一枚吹过整整一个青春的风

苏小小墓

  青骢马是一页翻过去的灯光。而现在的梅雨,生长在油壁车半掩的小窗上。温庭筠来过,李贺来过,徐渭来过;茉莉花来过
  西湖的鲫鱼来过。虎丘山不动声色,灵隐寺的小沙弥
一整夜都在超度不安的湖水。

  她在露珠唱歌的小径上结茧,化不化成蝴蝶要看明天早上来的第一个游客。
  是只看她一眼,还是扶上小三轮驶向灯红酒绿的市区。
  这一生多么漫长,传说中的小书生一直在云烟笼罩的西泠桥赶考
  时世幻变,莫来由的相思长出了青苔

  今夜我将绕道走过她的小院,一座石头砌成的爱情太重,给其他人吧
  我只愿邂逅落在无人小道的青红手绢

关 鸠

每一颗种子都有毒啊,希望将它唤醒,等待将它掩埋。
水穿过柴米油盐,小生活在爱情的零度线下徘徊

只有一只斑鸠在高处吟唱。
叫一声,就结一个伤疤,叫了多少声,种子仍未开花发芽。
坚硬的种子在多少混沌中沉浮,夜,始终醉着

每一个春天都将有毒,出门的人,请让斑鸠
开口说话

旧年的落发

一根多年以前的落发,在枕头边醒过来。那是一小会儿的爱,留下的痉挛的闪电,十年的闪电,或者比十年更长的空落和寂寞。

一根漂浮在无尽黑夜中的,失语的头发,在枕头旁老去。
她爱过你的起伏的鼾声,直至长夜冰冷。她厮守你梦中漏下的呓语,一次一次回到从前。

一根没有了从前的头发——啊从前,再也不会为回忆低泣。她只为一小会儿的爱,爱抚,还守着那日渐冷漠的枕头。
十年,多少潮湿的青春都在死去,只有一小段傻傻的幸福的闪电,在固执的等待中幸存。

春日偶记

春风过后,树上结满暧昧的坟墓——那些喊过一嗓子的人已经死去,那些将要喊一嗓子的人已经死去。有多少颗心曾被这漫长的想象赋形,多少颗啊,因为等待、寒冷和毒药般的,漏过树杈的阳光。

春风过后,爱情将如漩涡。一生都在路上的人如此透明,他以春水为剑,把未亡人的每个夜晚清扫。他在茅屋的左边种上一叶招摇的小筏,他在临西的窗口安放下所有的大海。

春风过后,天空中有一万盏铜铃在荡漾。那些枯萎的、复活的,那些疼痛的,那些,火一样开始跳动的字符,仿佛青春哭泣的器官。

1月31日的雪

1月31日大雪,羽毛般的声音,浮起闪光的花瓣和青苔。
春天退守到透风的信笺后面。
哦,亲爱的,春天从你的口袋中溜走了

1月31日大雪,生炉、煮茶、读诗、想一个人
黄历里的那些灯光,挂在檐口

雪会整整下一个白天,把夜晚也下缺一点
这样宽阔的时间适合打铁和飞翔,亲爱的
叮当的声音将令你泪流满面

在玛曲想起了往事

    转过一株念经的草,你不见了。划过一片碎了的花,你不见了。
    涉过春水飞舞的黄河,你不见了。

    不见了,不见了,十年来草每天都在老去。花
一次一次割伤我的手指,黄河流过夏天,一片浑浊

    转过一株念经的草,你藏在露珠里。划过一片碎了的花,你随
    春风飞散。而今日里我却无力涉过黄河,只有无边无际的忧伤

诺

在君之侧,有一根呻吟的头发。在君之侧,雪下了十年。门上挂着菖蒲,窗上开着莲,路上尘埃落定,青鸟啊,翅膀上有殷红的月光

在君之侧,是一碰即痛的春天。雪早来了,是十五岁?还是
二十五岁?还是从未有过却已不朽的……风,梦话,刀子。
空空的手啊

先走的当然随光,我随雪水,你随无边的宇宙。

一万年以后我们终会相见。不要再说分开

若尔盖的星星倾盆而下

　　我等待的人没来，等待我的人走了。露珠驱赶着草叶，秋虫驾驶着波浪。那么大的草原只有一个我，那么大的夜晚只有一个我。

　　这是多年以前，多年以前。爱情还有着清晰的模样，风在飞驰，若尔盖的星星倾盆而下。

　　那么干净的夜晚只属于星星和草原，属于未被风吹走的人。那样锋利而易碎的钻石，给地平线上远去的背影。给夜色中飞翔的马，给一只不回家的萤火虫。

　　把那孤独的灯笼给我，把那清寒的干净的等待，给我。

　　若尔盖的星星倾盆而下，落地为水，落地为风铃，落地为唱歌的涟漪。

　　你来不来大地都会寂寞，草原，波涛汹涌。而每一叶草安详平静。

　　你来不来我都要呼唤你，现在，我濒临美和绝望的漩涡。

　　若尔盖的星星倾盆而下。

初春的桃花

桃花是从乡村荡漾开的,未孕的桃花在早雾中飘荡
在青禾的湖面,在浩渺的春水中,弥散着乡下女子的初血

桃花开得只是有点温暖,每一朵小小的火苗
都只在内心燃烧,在冷漠的人群中,发出微弱的呻吟

一万朵桃花都在呻吟,在野风平息之处,在半梦半醒之间

一碰就会喊出疼痛的桃花,在柴扉半掩的乡下,在初春
羞涩地张望——小路通向远方,没有人去,也没有人来

月光蓝

被梦吹蓝的月光,锋利的月光,碎了的
冰上的火焰。

叮叮当当的月光,一地难辨的流水,花从岁月之门中
闪身而过。

恍若隔世。背影如失约的帆

第六辑

我是你被风吹远的一粒麦子，
乡村的水分，在每一条
更远更远的路上流失

清灯记

一

老外婆用清油点灯,在黎明或黄昏为全家人祈福。迷离的灯苗里,一万粒油菜子重新找回了青青的身体,那些流动的花影,在佛经中徘徊。

每一粒油菜子都相信过春天。在川康边地,油菜花总在向阳的坡地张望,它灿烂而单薄,像每一个青春期的农家的女子。清明雨落,油菜出嫁,送到山谷河湾中的榨房,饱满或瘦弱的心事化为沉重的水。

二

那些挣扎的火苗,让昏暗的乡村浮动着春天的铃声。

老外婆将液体的春天请到神龛的高处,让每棵油菜复活,开出金色的六字真言,大字不识一个的外婆啊,多年前遍地的油菜花已散落四方。

三

借老外婆的嘴骗人的菩萨啊,你仅仅就是活在茅屋泥墙上的一张纸,那些隐隐约约的旧年的痕迹,已在每一朵油菜花的飞翔中弯下了腰。

你借外婆的嘴说过我们家会越来越好,每个人来年都吉祥幸福。但多少年我都抱怨你言而无信,直到有一天外婆永居那小小的坡地,我才知道有时候开的最美的油菜花是梦里的。

四

清油灯也会开放的,清清白白的花朵偶尔也会呻吟。

残夜漏星。通往黑暗的是一条路,通往高处的是一条路,回家的人,在山地中

深一脚浅一脚,内心荡漾着春天许下的一万朵花语。

抱残守缺的老外婆啊,一万朵花开在你少女必经的路上。

五

时世如浊流,落花仍有心。

在一叶清焰中独坐的老外婆,把最后的乡村留给了乡村。

把一丛小小的火苗,留给了火苗。开枝散叶的油菜啊,你的每粒籽中有一座佛。

有一座四季风吹的高原。

六

　　故乡的油菜花中开得最美的那朵是清油灯,仔细聆听,它会说话。
　　说柴门竹扉,说鸡鸣犬吠,说山道上赶路的夜雨,说茅屋上唱歌的月亮。
　　——月亮,月亮,你可看见了那散落在梯田中的黄金。

　　我有一块水的黄金,带着它游走四方,我有一苗小小的故乡
　　开在清油灯的中央。

竹 号

在川康山地,竹常常在农历新年的前夜发出雄浑的呼唤。
第一声,给群山中早起的点点灯火。
第二声,给小径上凄苦的微霜。
第三声,给崖畔埂边那不再苏醒的每一堆新土

新年来了,新年来了,竹没有迎接也没有告别,只有无边无际的
痛痛的喊。搂着它的那个人也在喊,柴门木扉也在喊
猪也在喊,鸡也在喊,老去的水牛眼中
启明星像一千年前那样从嗓子中一闪而过

忧伤的竹林,蹲在那个空空茫茫的背影身边,黝黑如
山石的父兄,把新的一年从竹的伤口中拔出来,把新的一年
从茶马古道的小小的缝隙中拔出来,那些连绵不绝的一代人又一代人的
新年啊,起点也是终点,在群峰落下朝阳的豁口

荥 经

我的故乡,在贡嘎山一步就可君临的地方,草木繁盛
青石板小道绕过雨季,向南到瑞丽,向北到竹巴笼

群山之巅,让惆望的少年消磨过一个个空茫的下午
在茶包客一去不复返的山路上,茅草疯长,印度洋的气流
让森林结出湿漉漉的故事。

我的故乡,头缠白帕的乡亲在险绝的山地打柴割禾,偶尔
把失足落入云中的黄麂,从苍凉辽远的民歌中捞上来
我的故乡,一千多年来出产过莽林中起伏的棒客,也让
佛心常年开在山谷、悬崖和瘦弱的村庄

以两条河组成名字的故乡,浸润着岁月迷茫的水汽
这儿每一丛有筋骨的花朵,开得跌宕而尖利,那不是山岩
上的百合,不是流血的杜鹃,不是被猎人惊飞的珙桐
那是一个喊自己名字的少年,奔跑在山谷四季的风中

血脉之乡

父亲的籍贯是四川夹江,我的籍贯是四川夹江,我儿子的籍贯是四川夹江。这个我没有完整待上几天的小城,将与我的一生形影相伴。

父亲的父亲的父亲原籍江西,再往上溯,来自浙江。姓氏考说我们是三千年前败亡小国的遗民,越过淮河,穿过三峡,一路破衣烂履,跌跌撞撞。

外公的祖上来自湖北,再往上溯,说是山西洪洞大槐树,母亲的脚趾有被传说砍裂的印迹,每年春雨时节,她都有疼痛的呼唤启程的感觉。

我们家每个人的小脚趾上都有一小块岁月碎裂的印记。

这是一小块真正的中国的土地,被我们带在身上几千年了,是生命之外最重的行李。

我的儿子在渐渐长大,他也许会遇到一个来自南方或北方的女子,有一天他们亮出小脚趾,会相互惊讶地找到共同的故乡。

给外婆

三个月前,我带着半岁的儿子,和你在秋天的田埂上有过一次对话。那时候庄稼收尽,地上是衰败的杂草,你干枯的双脚仿佛飘浮在空中。

你说"人生一世,草木一秋",话未说完,远方的乌鸦此起彼伏。

你有过一只紫薯、玉米和小麦的船,现在沉入泥土。在川康边地,小坝子的流水从每一丛树根中流过,像多年前在麦地中飘荡的少女。

那么多消瘦的炊烟,那么多夜行的人,草鞋溅起三月的雨、七月的风,一盏桐油灯蹒跚在温暖的低处。

我是你被风吹远的一粒麦子,乡村的水分,在每一条更远更远的路上流失,我带着你的皮肤、血液、日渐松碎的骨头,顺水而去,找到陌生的亲人。此刻,他们在打磨基因,找出你少女时,一夜未眠的鞋子。

我其实知道，你早已离开这一堆新土，我们从此不再是亲人。

你将是开在路边的，不再焦灼的花朵，你将是故乡月滴下的，欢乐的露珠。

我喃喃自语，只因为那冷去的田埂上，乌鸦，还未来得及衔去我们曾经重叠的脚印。

夜晚的落叶森林

老父亲说那每一片落叶都是有生命的,连绵起伏,铺向幽暗的死亡之路。

但此刻它们都抱紧自己的火,那些金黄的河流一样的火,不挣扎,连闪电的脉络,都在每一个虫洞和风霜中不知所踪。

一万片叶子在等待夜晚的星空照亮,金黄的、火红的,仿佛有一颗日渐纯净的内心,轻轻的一声蟋蟀,或者寒号鸟落下的羽毛,都在把门打开。老父亲用一根火柴把那扇门打开。

落叶森林、四野静寂,小小的篝火在学说话

它在梦中看见了背刀的银狐了吗?它在每一块黄金上种过的月亮长出了翅膀吗?

夜晚的道路通向每一颗幽微的星辰,那跳动的火苗,在把落叶拉近、聚拢,手牵手。

它在梦中抚摸到了落叶的面孔了吗,那些被霜砸出的血痕,那些已经平息的风雨的漩涡老父亲在守着黑暗中的那片森林,他端坐于落叶的汪洋仿佛最后的船长。有一把小小的篝火陪他说话。那些花楸树、黄栌和银杏,也在说话。
　　那些涨潮的落叶,那些挥舞着船票的小风。所有……所有,都在说话。

　　从天空纵身而下的,从火苗中飘摇起飞的,坚硬的柔软的,围绕着我满面星光的父亲,
　　——这是今夜宇宙的中心

一生之重

老父亲深陷对死亡的恐惧,身体稍有不适,立即要求住院观察。

曾经生龙活虎的父亲在 60 岁时中风瘫痪,几乎是靠超强力的挣扎才活到现在,他每天甩手摆脚,一瘸一拐地在小城转着圈圈:奇迹出现了,他仿佛有康复的模样,现在 78 岁了,还有创造他家族纪录的可能。

但和蔼可亲的父亲性情大变,小气多疑、暴躁无常,他所有的亲人都被他一次一次地中伤,死亡成为了他喋喋不休的话题。他的苍白的有点虚幻的初恋、他的引以为豪的小职员生涯的三两件光辉记忆、他的三个尚有小小优点的孩子——他为数不多的谈资,全都在暮年的惊恐中变成了大把的药片。

生如晴空之雨,死如决口之堤,我们来到世界是一万个偶然的碰撞,而离去却是一万个碰撞的必然。对待死亡,不可能每个人都做到超脱,父亲一生从不与人争强斗狠,信奉的是随遇而安,但到最后一站,以前觉得轻的眼看也要脱手而去。他的焦虑,是生命个体存在感的焦虑。

死亡是对存在感的最后一击。芸芸众生,或长或短地在这个星球留下过一些痕迹，生命之重，是对每一个细微真切感受的不断叠加，也许只有真正在意过这一路的历程，才会更加难舍难分。

也许只有父亲真正康复了，他才会再次举重若轻。

写给儿子

我们坐在向晚的草坪上看月亮升起来。我们默默无语,大手握着小手。

那是看过多少人间父子的月亮,它在一个男人旁边增加过一个小孩,在一个男人旁边抹去过一个老人,那些被风吹散的剪影,让大地有时候温暖有时候寂寞。

你是我的小小的儿子,有一个美丽的上升的月亮,我是你的渐渐老去的父亲,有一个有点沧桑有点下坠的月亮。这一刻,月华如水,流过我们的手心,像一大一小两条河最终温润相汇。

多年以后,草坪依然茵茵,风会扶起那些留过我们体温的青草,月亮也会来找我们相依相偎的背影。但儿子啊,那是多年以后的月亮,曾经流过我们手心的月华,不知道会不会已变冷?

缅甸掸邦
——给儿子的一封信

  亲爱的儿子,今天我在缅甸北缘的掸邦,一片绿色奔涌的谷地。这儿小路蜿蜒向我们从未到达的远方,木棚屋上飘摇着蓝红相接的国旗。
  这是在地图上也查不到名字的小村子,牛车在狭窄泥泞的路上吱吱呀呀,花着脸的小孩子蹲在高高的牧草堆上,路旁是小溪,漂着两三朵白云。

  透过长着木耳的柴扉,我看见村落里的人家种着青玉一样的辣椒,还有滴着露水的茄子,穿筒裙的小姐姐起得真早啊,她篮子里的红红的萝卜还在掉落新鲜的泥土。而一只瘦瘦的小猫,几次跳起来抓丝瓜藤上的蜻蜓,蜻蜓飞了,透明的翅膀上挂着早晨柔和的阳光。

  亲爱的儿子,这儿水稻一年三熟,水津津的田里,高个子的白鹭偶尔抬头,看着我这风尘仆仆的陌生人。远处的竹林隐约露出白墙,穿绛色僧衣的小和尚在小道上蹦蹦跳跳,像欢喜的蝴蝶。

  亲爱的儿子,这样干净的早晨让我有回到故乡的感觉,我一直没能带你去的故乡,就是现在的模样。

除夕夜的大海

　　一生从未见过大海的父母,除夕夜,漫步在三亚灯光斑斓的海滩。
　　他们小心地踩着沙子,怕惊醒陌生的黄昏

　　两串平实而充满疑惑的脚印,最终消失在
　　海水拍打的岸边,"海水果真是咸的,这该有多少盐啊"
　　来自川康边地的两个老人,快乐而悲伤

　　那些盛开着盐的花朵的大海,有着故乡泪水的味道
　　突然之间,它静静安伏在老人面前,顽皮的小舌头一遍一遍
　　亲吻着那颤抖的脚印。仿佛找到了久别的主人

故乡的风

在下午酣睡的梦中我听到了,来自童年的风声,踩着故乡的山水,从秋天灯笼般的果子中,缓缓而来。

门将启未启。

借助墙壁的老年斑,它咳出了外公的秘密。

在小小的天井中蹒跚,看看未满的水缸、敲敲破旧的柜子,坐下来。

那些故乡来的小小的白菜、葱和茄子,看见了它频频点头。

那泛黄的年画,端午挂在门角的菖蒲,那一串红的呐喊的干辣椒,

被它抚摸得重新活了过来。

故乡的风啊,从南高原的边地而来,从我五岁、十五岁、二十五岁

三十五岁、四十五岁的骨头中来。

我身体中流失的小溪,它一吹就还回来,我身体中倒伏的庄稼,它一吹就站起来,我丢失的乳名,它一碰就叮当地响起来。

第七辑

作为幸存者我无法安置多疑的灵魂，
　肉体带着沉重的寂寞

逝去的马帮

　　沿西线以西,马帮们驮着盐在静静的山脊赶路。
　　像赶了十二个春夏,也未走到近近的打箭炉。马帮们驮着的
　　孩子,在雪风中妖娆地成长

　　沿西线以西,格桑花落满回家的道路
　　喊过几嗓子的人们就静坐在青稞酒的旁边,喊过几嗓子的孩子
　　迎娶了姑咱最后的蚂蚱

　　十二月格桑花没有踪影,马帮们在乱云中穿行
　　十二月将有二十四个节气一字排开,像松耳石项链被绝情人
　　抛向折多河不眠的黄昏

读《走出非洲》

咖啡豆有着生锈的星星的颜色,落单的母狮子,在暮云中低沉地降下雷声。

无性别的乞力马扎罗一直都在飞翔,雪清洗疼痛的红土,马赛马拉人黑得像连绵的长夜。这儿,荒原八百里还有读书的声音,斯堪的纳维亚半岛的钢琴,只为满地萤火奏鸣。

一生中总有几只鬣狗和小豺在提醒荆棘密布的小路,也有火烈鸟让血沸腾。如果你爱过那清晨椋鸟抬来的夏光,残月中把一杯冷去的酒留给空空的木椅,一切随风而逝,如那一头扎向 20 年青春的飞行。

星际旅行

人的恐惧来自于对未知时间的恐惧，遇到什么、经历什么、失去什么——因为可能会得到。

死亡是恒定的主题，生命将转换为另一种形式，哪怕形体不在了，哪怕我也非我。但宇宙浩瀚，必然有另一束光照亮灵魂，一切都不可能凭空消逝，哪怕微小的尘埃。地球不过是沧海一粟，甚至连一粟都算不上，我们怎可能在小小的躯壳中穷其一生——请看清楚，我们把一段眨眼的时间称为一生，那么还有二生、三生乃至无穷生呢。所以任何时候都不必惊慌，旅程还将以万千形态进行着呢。

人的一生就像是一段航程，在时间的码头间停停走走，有时候是大船有时候是小舟，有时候需要涉水弄潮，有时候可坐看风浪。船是你自己，水也是你自己，但你恰好自己不一定是自己。时间幻显出生命的各种意义，只有继续旅行，宇宙才得以完整。

我们也许是孤独的，如夜穹中似有似无的点点寒星，那些各种各样的际遇和交结，驱动我们一直向前，无论生或者死。

在藏南

现在，我偶尔想起日喀则，仿佛自己离开自己很久了。

那些火热的石头已开始积雪，每个人的流星从庙宇的尖顶上眨着眼，看着自己。那些暮光中失散的狗，离开了人群，它们因此变得干净。在通往北边的山地，青稞，成为白云和小溪的母亲，我看见的每一缕幸福和烦恼的波纹，都有菩萨之心

而那些季节留下的空空的道路，将由一只往生的鹰用羽毛和骨头填满，篝火常明，通向雅鲁藏布江边上磕长头的人

我离开你到日喀则寻找你，沿着每一个泥泞的夜晚，像露珠和风的信徒。在空无一人的冈巴拉山，经幡独自招展，天地间有众神的回音。我离开自己到日喀则寻找自己，前途茫茫、长路漫漫

落　叶

落叶无边无际。时间总是以退守的方式在捍卫生命。
时间也在亲手扼杀生命。
每一片落叶都是时间的碎屑。

只有一条大河在叶子中历经跌宕和曲折，最后以血一样的脉纹
把一生卷起来，像风吹掉的叶子一样卷起来
隐秘的大河啊，曾如舒展的地平线抛出一枚枚旭日
有的像水漂，有的沉入了深深的沙砾

正午墓地的冥想（一）

　　此刻没有风，没有影子和睡着的日光，安静如镜子的背面，没有心的波纹。
　　在微小中宏大，幻化为万物的灰烬。

　　从来没有过自己，如此刻被空洞抹去的空洞。
　　蝉鸣、蚂蚁、石头的波浪；台阶、落花、似有似无的墓草眼睛，为虚拟的光明而熄灭，最后一次

　　也有响声，是内心空空的响
　　宇宙须臾变形，时光穿过肉体，落花在所有的树木中浮沉

正午墓地的冥想（二）

我们即刻抵达的天堂，在时间的折页中流淌。
我们离开，在身体里逃逸、遁形，仿佛正午的水珠
一直在滴落与滴落之间，飞翔

每个人都会带走完整的星球，离开，是为了
找回自己，也许离开本身就是靠近时间的两面，黑夜与白昼、明与灭

明天，影子将先于我们到达那边，如引领者，把这万物
藏在可有可无的身后，你到，她就倏然醒来

正午墓地的冥想（三）

那一副皮囊，收尽正午的白光，如坍塌的矮行星，只归于
内心爱的脆弱的一瞬，而此刻，我只想唤醒自己，在众多
的眼睛中间。

作为幸存者我无法安置多疑的灵魂，肉体带着沉重的寂寞
——我们曾经为她代管过生命，草芥样多汁且易腐的生
命，现在
分文不动地还回，连这尘土也一并交给尘土

我们何曾离开过，何曾把这本没有的痛苦、幸福，轻与重
放置在华而不实的居所。

正午墓地的冥想（四）

只有一叶飘在正午的空中，神秘的台地，一万只搁浅的小舟在等待下一次海潮。

日光如幔，擦拭今日如同昨日，有铁锈，有游尘，有一段未及洇干的脚印。

一万只不再挣扎的小舟，一万个人上岸了。
空空的天地中只有我还在寻找那根，从未闪现的稻草。

只有死亡是真实的，它给予你的将永远刻在时间的缝中。

读李渔《闲情偶寄》

　　在一页小笺中能否安身立命？侍花弄草，或者把苍白的日子点上火苗的丹红。生活总是细碎，柴米油盐在每一个缝隙中流淌，有时候如瀚海有时候如涓流，俯拾者在裂纹中照出快乐的面容。

　　衣食住行不可轻视，房子要向南，看得见春天的荼蘼，窗口的小银铃系在梦的腰上；衣服如黄昏的十二只鸽子，要让身体变轻，灵魂干净地在天地中出入；爱过的人最好有露珠的质地，在俗指中腾挪，或者碎成一万个太阳。也可以在灵魂的转角处，养一尾蓬勃的小兽，让每一个脚步滴出水声。

　　死也要婀娜些——我如此精心地爱过生活，说出了脱口而化的秘密，请用春夏秋冬为我缝上一万个华丽的道别。

寂夜之歌

我看见那些羽毛在燃烧,在潮水退去的森林中,我看见
一些羽毛在透明地滑翔,一些沉淀了

整整一个夜晚,我都因快乐而将巨大的瞭望之窗,关闭
啊,在宇宙中消逝,在虚无中重生
在骨骼中轻轻地开出,无因由的花朵,啊,灵魂

那样穷于表达,像整整一个夜晚就藏在另一个夜晚的,泡
沫中
没有经你的来到便一无所有,没有经你说出
那些夜晚甜蜜的汁液便溢满了,闪电的杯口

第八辑

我看见过破碎的大海,它有时
汹涌澎湃,有时沉默寡言

夜之魅

我飘荡在满地萤火的白昼,找到属于自己的墓碑,那一截伤残的青春的幽鸟,因为爱而误食过锋利的等待。此刻我仄身它泅血的羽毛,只为追上那模糊的远去的闪电。

我曾经在喧嚣的人群中走失,眼睛落满午夜的尘埃。我的易变的日历,只被一小段幸福的流水,喊出过清澈的名字。流水不复,流水从遍地的伤口漏向更深的黑暗。

我飘荡在满地萤火的白昼,听到灵魂结痂的笑声,看到每一寸骨头,正在向混沌的天地弯曲。那被呐喊逼出的微光,如冰冷肉身点燃的,人世浮沉的灯笼。我用它在每一张死去的面孔中寻找自己,萤火遍地,空无一人。

悼亡人
——写给作二

和诗人龚学敏,在惠安见了你两小时。其中一个小时,是站在你家附近的大海边。大家默不作声,听风独语,看海浪一遍遍清空沙滩上的脚印。

在数年前你就停止说话,这不像病,更像是一种抵抗。你写下的文字仿佛水中之火,读你的诗,只有碎玻璃般疼痛的声音。

仅仅见过一面,隔年你便去世了。你的模样仿佛大海混沌的黄昏,仿佛你家门前,盐碱地上匍匐向前的番薯叶。番薯叶,有着中年男人眼中淡淡的咸味。

在惠安,我看见过破碎的大海,它有时汹涌澎湃,有时沉默寡言。

嘉峪关

　　城门一关,你便把西域关在了门外。祁连山的血,阿尔金山的泪。西风瘦马凉凉的一嗓子,喊得城里城外开满了月亮。

　　月亮是秦时的月亮,月光是会敲城门的月光。今夜用它蘸墨写家书,今夜用它穿线缝衣裳。

　　城门一关,便将三千里戈壁,
　　碰死在门外。胡杨年年绿,胡杨年年黄。

　　年年绿,年年黄。

病房札记

深夜心脏病科的走廊尽头，一个中年男人在
小声哭泣，二尖瓣缺损的他，去日不多了，最后一次
救命的机会被 20 万元压垮

明天早上，唯一的女儿将带着他返乡，坐火车、汽车
然后徒步十里，来到高高的山村。方圆数百公里的大山
飘荡着他一生的白云，某一处贫瘠的坡地
向日葵和苞谷斑驳的阴影下面，适合埋葬受伤的心

那些万千秋虫般的嘤嘤哭声，在灯光照不到的角落，潮湿而
坚硬。在只有冰冷水泥的城市，一颗受伤的心蜷缩在
陌生的夜晚。像所有失去故乡的，背影

似是而非的雨

雷声过后雨点开始,从高处跳到低处,跳到海中成为海,
跳到我的眼睛上,成为宇宙。
雨点声是否溅起了蛙鸣,是否为那宋词中徘徊的女子
举起了莲花?

一切终将为水,湿漉漉开过的花,蝴蝶,雁影
老来相伴的雾霾,热嘴唇与冷被衾
等待的人都会有一场不期而遇的雨,洗去尘土,洗去血
挂上云帆,浪荡一生

而此刻雨落在我略显仓皇的纸上,分行、短句,模糊概念
把一幅小小的航海图,深藏于心

仙女山

仙女山上有矮种马,暧昧的蒲公英,有雾化的草的镜子,有一群看山的人,一群喊山的人,唇温15度,把夏天躁动的双面人,安置在木格窗上。

仙女山上没有仙女。一棵松针,在摇着下午所有的铃铛。

青苔定是倦了,木耳斜倚着柴门,南瓜花在舀着这一点点碎去的日光。

勿忘我,哦,那一枝勿忘我

蓝眼泪

仙女山上没有仙女,云在放羊,月亮在吃草,石头在赶路。

一只仿佛侠女的蝴蝶,在我的窗台,亮出了柔情的剑火。

哦,七月柔情的剑火!

乌　江

七月的乌江像一枚闪电,在野花瓣上打磨的闪电
落入仲夏夜星星的巢穴,在武隆人的窗口,是
一粒脱缰而去的长叶子的小船

或者在千里外想它骨感的名字,是一个风中摇荡的
女子,在用清冽的口音唤满山坡跌跌撞撞的
拉纤的石头。一根旧绳拦住汹涌的情歌

乌江,乌江,只有一去不回头的阿哥,埋在江上

黄河源

从一叶草尖上滴落的黄河。梳着九十九根辫子。
在小青马般晚霞抖落的疾风中
匍匐下来。

是时间之手在拨动她遥远的经幡？是索格藏大寺里
一段隐约的默祷，藏起了繁花飞溅的外衣

黄河飘荡在风中，
黄河宛如奶桶中出浴的星辰
七月的黄河在唐克的迷离面孔中，吹动着牦牛，吹动着卓玛
或者湖边梳妆的央珍

玛曲、瓦切、若尔盖、年保玉则……
她的指尖上只有安多骏马水汽般扩散的背影，一匹
小小的彩虹的脚印

舒家大院一夜，兼致红海
—— 为中国红海生态旅游区而作

星星编织的池塘，李白宽衣上船，飞翔的青蛙说，下一次的海潮将是红的。这一切，
舒家沽酒的夫子不闻不问

还有吹笛子的紫蝉小仙，天井中弄月的蜻蜓夫人，我耳边嗡嗡争论的蚊子诗人，半酣半卧的古毕先生独爱南瓜灯：
"寂寞，总要一针见血"

或者有用露煮酒的蟋蟀，不小心跌进了银河。"那么宽大的落寞只给那个失败的中年人"，那红海未嫁的青草、小溪、暗含芳心的花朵、画口红的小猫，正在发育的乳牛——
都属于他

那些属于夜晚的都属于他，红色的雨点，黑色的诗笺，拨亮星星的姑娘……

马,羌笛或大野

风是若尔盖的马带来的,马蹄上开着野花
长鬃扬起七月紫草的斗篷

马啊,若尔盖的最后的抒情的闪电,在三百米高的天空
幻化出月亮湖似曾相识的别离

这一匹仿若过风而逝的羌笛,这一匹
隐没于无边无际的大野

水是若尔盖的格桑,淌不尽的幸福的眼泪
这一夜将有马蹄声在帐篷外荡漾,这一夜,七个海子
同时开放

第九辑

诗友评论,在诗或散文诗的路上

诗至于厚而无余事矣
——干海兵盛年期诗歌写作浅议

邱绪胜

创作，尤其是诗歌创作，到了一定阶段，就会遭遇写作上的瓶颈，那就是达到一定高度后，极难突破：不但在重复别人，也在不断地复制自己。特别是到了中年时期，由于生理、心理、写作态度、价值取向、阅读的范围、社会环境的影响，很多写作者，写作状态和水平不但没提升，反而处于停滞状态，甚至下滑得十分厉害。而有些作者，却能把中年期的写作变为盛年期写作，保持着良好的写作势头，其写作内容的深度、写作风格的塑形、写作技巧的演练，均达到一个较高层次。体现为将炉火纯青的技艺、较高层次的诗性智慧和从容淡定的写作心态完美结合的化境，上升到写作和人生完美结合的一个崭新的艺术人生境界。诗人干海兵的写作，可算是这一方面的代表。

1. 在现实与精神艰难返乡途中的久久悬置的惶惑

我们都知道，作家、诗人，都有两个故乡：一个现实的故乡，一个精神的故乡。人的一生，就是由现实的返乡，到精神的返乡的艰难跋涉的动态过程，最后不断接近甚至达到荷尔德林提出、海德格尔阐发的人"诗意地栖居在大地上"的理想境界。"来自童年的风声,踩着故乡的山水,从秋天灯笼般的果子中,缓缓而来。"于是,"我身体中流失的小溪,它一吹就还回来,我身体中倒伏的庄稼,它一吹就站起来,我丢失的乳名,它一碰就叮当地响起来"。(《故乡的风》)甚至,发出这样热切的呼唤:"我有一苗小小的故乡,开在清油灯的中央。"(《清灯记》)在诗作《故乡》里:"我们家每个人的小脚趾上都有一小块岁月碎裂的印记。"是的,故乡的一草一木,一缕清风,草坪上升起的月亮,外婆的清油灯均勾起了他的甜美的回忆,让生活在大都市的他烦躁不安的内心得到暂时的平静和休憩。这些,更多地属于现实故乡的归返。

  问题的关键,也是我最感兴趣的,是作者的精神返乡在文本中能够实现吗?或者部分实现了吗?不可否认,他在诗作中的这种探索是有益的,也是难能可贵的,但是,其结果无疑是值得怀疑的。你仔细分析其诗歌文本,你就会发现这一奇怪的悖论,因而他诗歌文本价值或者独创性,也就在这"久久悬置的惶惑"的独特言说和揭示上。因为故乡的风虽然吹回来了身体里的小溪,吹响了丢失的乳名,但是,你不要忘记,这里有一个前提,那就是"在下午酣睡的梦中"才出现的;在梦醒时分,必然怅惘不已,必然有一种清醒之后的加剧的伤痛。在《夜行列车》里"那每一个跳动着微弱火焰的窗口,都有一个温暖的故乡",也仅仅是在飞翔的列车上产生的瞬间念想,或者幻觉。对于我们心中虔诚供奉的菩萨居然是,"借老外婆的嘴骗人的菩萨啊,你仅仅就是活在茅屋泥墙上的一张纸"。但"多少年我都抱怨你言而无信,直到有一天外婆永居那小小的坡地,我才知道有时候开的最美的油菜花是梦里的"(《清灯记》)。对的,最美的油菜花,只能在梦里!多么决绝的领悟！又是多么痛苦的惶惑啊。

2. 有一种言说绵绵不绝的真爱的刻骨铭心

干海兵先生是写爱情诗的行家里手。譬如他早先的被广为熟知的爱情诗《青杏》（选自其个人诗集《夜比梦更远》），把对爱情的炽烈、爱情的期盼、爱情的甜美、爱情的迷茫等等书写得淋漓尽致，堪称写爱情的不可多得的佳作。

对于爱的诺言是"一万年以后我们终会相见。不要再说分开"（《诺》）。和"闪电一般照亮过一些人的往事，露珠一般消逝的短暂的温暖"（《陌路相逢》）。从此以后，我们是不是可以模仿一句网络流行语，"有一种爱情，叫陌路相逢"？"七月的黄河在唐克的迷离面孔中，吹动着卓玛，或者湖边梳妆的央珍"是多么的迷人。而在《1月31日的雪》里："这样宽阔的时间适合打铁和飞翔，亲爱的，叮当的声音将令你泪流满面。"其情之真，其情之切，令人动容，令人泪流满面。而在"若尔盖似是而非的爱情里"，有"淌不尽的幸福的眼泪"（《马，或者若尔盖似是而非的爱情》）。这也许还不够，在《关鸠》的鸣叫声里："每一颗种子都有毒。"在这里，我读到的是爱情的毒，爱情的中蛊。"每一个春天都将有毒，出门的人，请让斑鸠，开口说话"。熟知《诗经》开篇之作的《关雎》的人，自然不难理会其中的内蕴。在《秦皇岛》："我们穷尽一生，只等待片刻的潮水能打湿，这将要分道扬镳的脚印。"在那空空的海滩，那一声道别，是何等的刻骨铭心，何等的销人心魂！在《战栗的闪电》里："还爱过你留在我伤痕中的香气，让我深陷的青春的指纹。爱过你清澈的痛苦，爱过你茉莉花一样的小小诡计。"这算得上爱的惊世骇俗了吧？这里书写的至情，与汤显祖在其《牡丹亭记题词》里言的"情不知所起，一往而深，生者可以死，死可以生"的"情"相比,也丝毫不逊色的。

总之,干海兵先生的爱情诗作,是对炽烈真爱的热烈呼唤,是充满着一生无穷尽的期待和甜美的回味,并在这一书写中,凸显作者个人不可复制的心性。

3. 中年心境折射于世间万物的从容,及其带来的"半旧"情绪和色彩

我在反反复复阅读干海兵先生的诗作时,发现一个让我感到有些奇怪的现象,那就是在其诗作中,几乎没有青春期写作的幼稚和起伏不定,换一句话说,就是在他诗作里,他似乎从来没有年轻过。也许是我的错觉,或者还有其他的什么奥妙。是他少年老成的气质,还是他写作风格的坚守?这些,我都不得而知。一句话,他的写作没有青春期的狂热和浅薄,没有写作上早慧带来的早衰,其作品也就具有常人少见的从容与淡定。我在这里,把这个现象归结为一种盛年期状态的写作,这是一种成熟的写作,是视野开阔的大气的写作,是一种稳定而持久的写作,是风格较早形成而长期坚守的写作。他的写作,有中年心境折射于世间万物的从容和大气度,及其带来的"半旧"情绪和色彩,这一阶段的风格,可用"幽深孤峭"来概括。

在《大禹渡的黄昏》里:"渡,是一只蟋蟀敲打无边镜面的扑棱之冷。冷之锋利,拂血而洒的浩茫从天上到水中,有子鸟叮当,有一羽人,有一剑路。"其取象的奇崛,色彩的黯淡,气息的冷峻,气场的开阔,只有具有大阅历、大境界的中年时期才可能囊括的。同样的,我们在《惠安看海》里还可以看到:"落日流过受伤的铁。落日熔金。"以及:"落日熔金。我自有我小小的水滴,在针尖上亮出血红。"而这一特征,在《康定的鹰》里表现最为突出:"鹰落在岩石上成为另

一块岩石，翅膀，卸下了川康边地的，整整一个秋天，它隐伏在闪电与闷雷的深处。……唯有鹰像死去的金子，君临着南高原最后的寂寞。"

本来，"半旧"是源自《红楼梦》的一个词语。在"林黛玉进贾府"中，在描写贾政、王夫人内室的那段文字中却连用了三个"半旧"。是的，正如有论者所言，半旧可以体现为良好的家教家风以及文化涵养，可以体现为历史传承和底蕴，也可以体现为恋旧情怀和不经意间流露出的奢华。也有人认为，最能担当得起的半旧这个词语的城市，就是上海与成都。这些说法恰当与否，暂且不论。但是，半旧这个词语和干海兵的盛年期写作的从容、大气、典雅、恋旧情怀和不经意间透露出的奢华倒是颇相吻合的。

4. 一滴露珠、一缕光线里思考着的人生和大宇宙

著名诗人、前《星星》诗刊主编梁平先生对干海兵有这样的评述：海兵编辑之余写作并不见高产，却颗粒饱满。海兵的诗，小巧、精致、严谨，能时常在他的小诗歌里看见大的格局与惊喜。是的，"时常在他的小诗歌里看见大的格局与惊喜"！而这所谓的"大格局"，我认为至少有两点，其一是在他诗作里，对"时间"这一宏大的哲学问题的反复拷问和追寻；其二，便是从一滴露珠、一缕光线里严肃地思考着人生和大宇宙，有着"仰观宇宙之大，俯察品类之盛"的大气度。

在《在大禹渡与黄河对饮》里，诗人和黄河对饮，因而"内心的河床开阔而平静。大河不死"。大河不死，意味着五千年的中华文明不死，中华文化的根脉绵延不绝。

《清灯记》里："把一丛小小的火苗，留给了火苗。开枝散叶的油菜啊，你的每粒籽中有一座佛。"在一粒小小的菜子里，似乎进入了恒久的禅定的状态。

在《河西走廊》中:"鸣镝划向最远的星辰。……那些汉的马,胡的马,天的马,在一千里的伤口上闪烁。"把沧桑的河西走廊,展示在历史的幽远的扉页。

嘉峪关的"城门一关,便将三千里戈壁,碰死在门外。胡杨年年绿,胡杨年年黄"(《嘉峪关》)。时空的纵深感和交错感,构成一幅史诗般的战争的宏伟画卷。

在《落叶》中"时间总是以退守的方式在捍卫生命","每一片落叶都是时间的碎屑"。这就上升到哲学的高度来思考问题了。

概言之,干海兵先生的诗作,是其"个体生命和语言的瞬间展开"(陈超先生语)是用自己的生命在拥抱外物,为自我经验命名的同时也为外物命名。其切入点小,但旨意颇深,值得反复玩味。

5. 诗至于厚而无余事矣

钟惺在《与高孩之观察》中说:"诗至于厚而无余事矣。然从古未有无灵心而能为诗者,厚出于灵,而灵者不即能厚。"在这里,主要讨论的是写作的灵气和厚重的文本的有机联系。是的,诗歌虽然短小,但并非不能厚重。诗歌有一个不可忽视的特点,那就是"四两拨千斤",正因为有这一特点,诗歌作者也可能创作出如陈忠实所言的"死后垫枕头"的厚重之作。

干海兵先生的诗歌,无疑是有一股灵气行乎其间的,这一股股灵气,让他的作品有一股生气灌注其中,并让他的创作达到了"不勉而中,不思而得"的较高艺术的化境。这种灵气的产生,除了其本身的天赋和创作取向之外,也和他的创作态度的"体理玄微,不须急就"的气场的培养有很大关系。的确,他的诗歌写作算不上高产,但展现给世人的作品,却是

"颗粒饱满"。他写作的酝酿期一般较长,没有经过深思熟虑,他不会轻易让诗作面世的;同时,他心中是有读者的,他是在用灵感的火花作引线去和读者以心换心、以胆换胆的,从而引起阅读的共鸣的。相对于当下诗歌的身体写作、日常性写作的泛滥,干海兵先生的诗歌可谓有拨乱反正的功效;他的作品绝对是厚重而沉稳且蕴藉的,至于是否达到了钟惺所言"诗至于厚而无余事矣",我在这里不敢轻易下结论,这一切都需要时间去考量。但我可以肯定地说,他的诗作,是不断地朝着这个方向前行的,而且会越来越接近这个心目中理想的创作境界的。

(邱绪胜,诗评家、诗人。)

大地的行囊，打开幽暗的诗性

易 杉

一个用二十年时间守候诗歌的人，肯定是少数。凝神，专业，对诗歌审美的敏感，无疑成为诗人干海兵作为编辑加诗人的身份自觉，同时在众多的诗人类型中凸显出异样。读干海兵的诗歌，你会看到一个沉静的聆听者，一个用自己诚实的嗓音说话的人，一个用心去打量细小事物秘密的在场者，走过寂静的乡村和吵闹的城市，持之以恒地携带着大地的行囊，在独自的夜晚述说着灵魂的诗意。

从康巴边缘的荥经到成都府，诗人对出生地体验烙印着大山一样的厚实、少言，纯朴而坚韧，文化边缘的宿命，充满了艰辛、抗争的生命自觉，诗歌无疑为诗人干海兵找到了生命最好的表达形式，所以他的语言天生就是内敛的，充满了神秘的康巴文化宗教印记和外朴内蕴的山地精神。贡嘎山的雪亮和牛背山的壮美，地域对一个诗人的精神培养似乎是一种天命。在干海兵的诗歌世界里，语言永远如空气一样透明而揪心，忧伤而悲壮。你深入他用诗歌编织的行囊，在一个人的秋夜细细品味，你会感觉到一个具有蓬勃内心的思者，在几十年语言的黑夜里默默前行的轨迹。他的诗歌有土地般的成熟,粮食一般的饱满,但是他不用烈酒助燃,他的语言之光,仿佛是一块巨石,持久地与自然和日常交相辉映。

在汉语写作中,许多诗人的文本形态呈现出明显的低音部和高音部,甚至起伏跌宕,惹人眼目。情感的夸张,修辞的偏激,甚至语言的暴虐可能训练出一个丰富的诗人,但是一个成熟的诗人需要巨匠一般的语言磨砺和精神涅槃。需要时间的考验,需要生活对灵魂的千锤百炼。诗人干海兵,正是用二十年的光阴去淘洗自己的灵魂,用二十年的时间去关注语言的诗性。纵观干海兵诗歌所展示的生命旅途别样风景,他正是那个把生命化作语言的人,而且对时代保持着深刻的距离,在他的诗歌中你几乎看不到世俗的纷争和生活的慷慨激昂。他语言的力量不是源于玄学比喻、主题变形或语言重构,而是以他不温不火的语态交出他自己独特的生命发现。

干海兵花许多时间深入不同的地域,不同的文化,不同的语境,不同的生命阶段,用惯常的语调描绘多样的人生旅途和精神地貌。他的大部分诗歌是用生命的呼吸去体悟变化无常的生活现场,仿佛一个行吟诗人,歌唱生命的现在成为他的日常。这样你不难理解他的诗歌很少有城市的喧嚣和不安,很少有尖锐的政治和商业情结。在诗歌活动汹涌澎湃,诗歌话语权力险象环生,诗歌炒作为表演和趣闻的当下语境中,诗人干海兵能够沉静下来,过实实在在的生活,看他想看的书,做他想做的事,写他自己的诗歌,不去围堆堆,不去图闹热。他回到世俗关怀中,体验一个诗人作为人的存在快乐。干海兵的近期诗歌中表现出的对亲情友情的依恋和热爱,对诗人生活的沉醉,正是他生命现实的超越。

从出生地(乡村、山地)到匆忙的旅途(名胜古迹)到生活地（城市），人情、人伦、人性、人生构成诗人干海兵的主要表达，自然、自在、自由成为诗人的抒情动力。通过二十年的修炼，诗人干海兵从传统出发，专注文本，追求境界，抒发情怀，挖掘内心的可能，探索人性的张力，触及灵魂的疼痛，关注生死的无常，衰老的无情。时间的扑朔迷离，命运的荒诞，歌唱生命内驱力的神秘体现了一个诗人的诚实。他用诗歌搭建了自己的精神空间，一部散文一般慢慢行走的诗歌，勾画出诗人从乡村到城市漫长磨难的心路历程，呈现了诗人干海兵独特的生命形式感，充满了内在的旋律和经久不息的神性之思。正是因为诗人精神的可靠，他的语言才可能呈现出信任的光辉。由此，我想到五花八门的诗歌形态，你一生都难穷尽，唯有那些兑现生命本相的语言表达，可以让你的想象一泻千里，让诗歌的天空有灵魂的质地。诗人干海兵所坚守的诗性，正是诗人哲思般的浪漫气息和赤子般的大爱胸襟。

　　语言成为居所。当所有的诗歌伦理和美学艰涩像夏天一样在我的视野中悄然退去，那些由灵魂写成的文字已经如我们的气息一般在夜空里散去，永远的注视，永远的感动，让所有经历我们肉身的诗歌成为灵魂的疼痛之轻。深秋了，在清爽的虫声里推开细雨濛濛的早晨，所有的阳光，所有的草地，所有的建筑，所有的生命，当你用悲悯的眼光发现蓬勃安静的生命幽微，你震惊，你悄悄地转身，在慢慢来到的冬天你千万次写下感恩。万物听从你的呼唤，万物在你的文字中慢慢苏醒——

　　"在大禹渡，和失散多年的自己重逢。
　　一杯薄酒，涌动落日与云影。内心的河床开阔而平静。大河不死。

芦苇雪、高粱血。应该有一匹脱缰的野马回到了从前，把爱过的重爱一次：杂草、灌木、沙泥鸿爪、块垒土丘……让水成为水，让酒成为每一个大禹要回家的门。

　　酒，是中年将去的夕阳。大波微澜，咫尺天涯。
　　黄河，是一颗高粱上将落未落的泪珠，遇柔则柔，遇刚则刚。

　　与黄河对饮，大禹渡如镜的波光闪烁着前世今生。"

　　时间的渡口，生命的酒杯，在我们曾经爱过的杂草和灌木丛，永远不灭的是诗人孤独的灯火和内心奔腾的马蹄。
　　大地的行囊，永在打开幽暗的诗性。

2016年10月3日于新都状元府邸

（易杉，诗人、诗评家。）

诗人中的散文诗人
——读海兵兄散文诗印象

李 需

我和干海兵神交已久,但一直都无缘谋面。直至2014年深秋,因《星星》诗刊社在我们山西运城举办一次散文诗颁奖会,当时他是那边的联络人,我是这边的联络人,我们才得以结识并深交。无独有偶的是那次会后,他还很快写出了《大禹渡的黄昏》《在大禹渡与黄河对饮》两章散文诗,我先睹为快地拜读了。当时的感觉就是海兵的散文诗唯美、意象纷呈,且深刻,内涵极为丰满。他是一个诗人中的优秀散文诗人。

多叠的意象,是海兵兄散文诗一个十分出彩的特色。"十一月的落日给每一个抬头的水珠一粒金子。那是橙黄的翅膀安伏下来,被一声一声碎裂的夜色吹高的温柔之痛。"这是《大禹渡的黄昏》中的起句,突兀而不同凡响。在这里,且不说她多么的唯美。单就是他诗中"落日、抬头的水珠、金子,橙黄的翅膀、碎裂的夜色、温柔之痛"这些劈头盖脸的多叠意象一下就让人目不暇接。再看他《惠安看海》中的表述:

"落日流过受伤的铁。落日熔金。

那些尖锐的麦芒一样的海浪,沙滩上倒伏的脚印,那些一触就痛的潮汐。

一条向天空呐喊的搁浅的鱼。在鱼群中迷失的鱼,倒在自己的旗帜下。

帆,像众口一词的嘴,划出西风的轨迹。"

海兵兄在这里依然大量运用层出不穷的意象:"受伤的铁、尖锐的麦芒、倒伏的脚印、一触就痛的潮汐、搁浅的鱼、旗帜、像众口一词的嘴、西风的轨迹"。诗人是意象运用的大师,几乎到了随手拈来,张口即是,确实令人折服。

当然,散文诗和诗中的意象运用,关键的还是并非胡拉乱扯,重要的是要为我们诗的主题服务。海兵做到了这点。他的每一个的意象设置,都完全地贯彻到他的主题和思想中。

"我有一条远离众沙的小路,仿佛大海腐朽的裂纹,仿佛沦陷的灯塔,仿佛

一个日子和另一个日子的废墟。——海啊,我听见了你在搁浅的鱼中奔突

看见了你在暮光中凝结的血,而在每一颗死去的盐的深处我嗅到了自己曾经的湿润"

这还是他《惠安看海》中的诗句,他的这些意象几乎都是在向我们作着同一种暗示。这种暗示是什么呢?就是曾经的,有着桅船、有着灯塔、有着鱼群、有着小路的大海消失了,而现在暴露在诗人面前的却是,腐朽的大海、搁浅的鱼、每一颗死去的盐。诗人深深地怀念着"曾经的湿润",怀恋也是一种痛,彻骨的痛!

唯美是海兵散文诗中又一令人无法割舍的看点。"黄河，是一颗高粱上将落未落的泪珠，遇柔则柔，遇刚则刚。"《在大禹渡与黄河对饮》；"在离云只有三尺三的云贵高原，夜行列车带着闪电的寒气逼近星空，那每一个跳动着微弱火焰的窗口，都有一个温暖的故乡。"《夜行列车》；"在白茫茫的月光下，我们指认那些被鱼举着的礁石。"《在秦皇岛》；"鹰落在岩石上成为另一块岩石，翅膀，卸下了川康边地的，整整一个秋天，它隐伏在闪电与闷雷的深处。"《康定的鹰》；"草尖挑起的月亮，被一群羊羔晃动。一只鹰隐入神秘的水声。""那个磕长头的人，从10月的那曲游向月亮。月亮，月亮，摇着人世间依稀的铃铛"《那曲的黄昏》。

以上列举的诗句都是我从海兵兄的散文诗中采撷出来的。读他的散文诗，一直都被他诗中流淌的、波动的、闪烁的美激动着，甚至是陶醉着。我仿佛一次次都被他的散文诗带到了梭磨河、嘉峪关、那曲，带到了大海、草原、高原、黄河，还有诗人美丽的故乡康巴边缘。散文诗的唯美，是散文诗之所以能够深深地打动读者的一个先决条件。在这点上，海兵兄做到了。且做的又是那样的尽致和淋漓，令人钦佩。

海兵兄散文诗另一个显著特点就是它内涵的丰满性。也就是说，他的一章散文诗往往赋予读者的并不仅仅局限在一个层面的意义上。他的一章散文诗有它多种可能性的理解，多种可能性的阐释。

"十一月无垠，等待泅渡的脚印有三千年、五千年。众沙静寂。"《大禹渡的黄昏》，这章散文诗仅仅是写黄昏吗？诗人在此时的感情是极为复杂的。他有对时间流逝的喟叹，有对岁月一去不复返的惋惜和深情回望，同时又有对人生短暂的扼腕。

再看他《焉支雪》组章中其中的一节散文诗:"那些风,将每一颗迷乱的星子吹向高处,浮云牵着我的斗篷,我的蜿蜒而去的爱情,在胭脂上溅起了回声。

两千多年了啊,那些受伤的石头还在奔跑,骆驼刺还举着利剑,雨赶着雨,雪掩着雪。

雪,浮动起历史的沉船,把锈蚀的山河还给遥远、还给虚空。

那一缕涸涸散去的胭脂,因爱而如迷路的箭镞……

每一次的回望,柔软而锋利。"

在这章散文诗中,诗人又一次附注了其多种的思想和内涵。也许,起初的诗人只是在回望历史,但就他的实际意义而言,又大大地超越了。他的诗作中,有离人的泪滴,有婉约的爱情,有历史的苍茫;有对河山的悲情,有对时空浩渺的缠绵。最后,诗人的感情既是温暖的,但同时又是冰冷的:"每一次的回望,柔软而锋利。"

"我身体中流失的小溪,它一吹就还回来,我身体中倒伏的庄稼,它一吹就站起来,我丢失的乳名,它一碰就叮当地响起来。"

海兵的散文诗,是属于读者的,是属于多彩的梦的,更属于他深爱的故乡!

(李需,散文诗人、诗评家。)